# LA BELLE JEANETTE

LE GRAND BAIN

Des romans illustrés pour se jeter
dans le grand bain de la lecture,
avec ou sans bouée !

Des histoires fortes, drôles, impertinentes,
ancrées dans le monde de l'enfance.

Une jaquette à déplier :
une affiche à collectionner !

# LA BELLE JEANETTE

Rémi Courgeon • Rozenn Brécard

SEUIL JEUNESSE

# LA BELLE JEANETTE

*La Belle Jeanette*, c'est mon père. Enfin non, je veux dire : *La Belle Jeanette*, c'est le nom du chalutier de mon père.

Il est marin pêcheur, et quand il n'est pas parti en mer, on peut voir son vieux bateau orange et bleu, fièrement amarré au port de Saint-Sauveur, à l'île d'Yeu.

Jeanette, c'était le prénom de sa grand-mère, que je ne connais qu'en noir et blanc, sur la seule photo qu'on a d'elle : celle de son mariage avec Yvon, mon arrière-grand-père à moustaches.

Moi, je ne la trouve pas terrible terrible, Mamie Jeanette, mais les vieux qui l'ont connue disent qu'elle était super belle quand elle était jeune et en couleurs.

À l'origine, Yvon pêchait le thon. Il partait plusieurs semaines à bord de son chalutier, avec trois hommes d'équipage. Jeanette devait alors se débrouiller seule pour élever ses deux enfants, fatiguée par ses longues journées à la conserverie, où elle s'acharnait à faire rentrer dans des boîtes les thons que son mari s'était épuisé à sortir de la mer.

Et puis il y a eu de moins en moins de thons dans l'Atlantique. Mon arrière-grand-père devait partir encore plus loin pour en trouver et Jeanette passait plus de temps sans son homme qu'avec lui.

YE
YE

Après Yvon, mon grand-père Jean-Louis a repris le thonier, et après lui, Pierre, mon père, a continué le métier.

Aujourd'hui, *La Belle Jeanette* ne pêche plus beaucoup de thons, mais rapporte toutes sortes de poissons : des mulets, des bars, des maquereaux, des soles, des daurades, et même des homards et des araignées. C'est la surprise à chaque fois. Moi, j'adore ça, et même si ma mère n'a pas envie, je voudrais être marin pêcheuse, quand je serai grande.

## EN MER

Parfois, quand il fait beau, mon père m'emmène pêcher avec lui. Il m'arrive de passer deux ou trois jours sur le chalutier, à faire les petits boulots réservés aux mousses, dont les pêcheurs n'ont pas le temps de s'occuper : surveiller la météo, préparer le café, ranger la cabine. Quand ils remontent les filets, c'est moi qui enlève les algues et les bouts de plastique qui s'accrochent dans les mailles. Je n'ai pas trop le droit de toucher aux gros poissons, même avec des gants, parce que certains ont des nageoires très coupantes. C'est souvent moi qui rends à la mer les bébés poissons trop petits pour être vendus. C'est assez dur, parce que les bacs sont lourds. J'adore l'idée de leur rendre leur liberté. J'essaie de les suivre du regard, mais ça va trop vite, ils disparaissent instantanément dans l'écume blanche du sillage.

Au début, les gars ne voulaient rien me laisser faire ; mousse, pour eux, c'est un travail de garçon. Une fille à bord, ça les mettait de mauvaise humeur. Maintenant, ils ont confiance.

Je sais quoi faire pour les aider avant même qu'ils me le demandent. Le soir, au dîner, ils sont tout fiers de me raconter leurs aventures.

Souvent mon père doit me rappeler que je suis en vacances et que j'ai le droit de me reposer.

La partie la moins drôle de mes virées en mer avec lui, c'est de répondre aux appels de Maman, qui s'inquiète du temps qu'il fait, de savoir si je n'ai pas froid, si je mange suffisamment et si je mets bien mon gilet de sauvetage. Heureusement, souvent, ça coupe. Plus de réseau.

Aux vacances de Pâques, Maman a accepté que je parte à la pêche avec Papa. Elle avait fait l'inventaire de tout ce que je devais emporter « au cas où ». Ça ressemblait au déballage d'un vide-grenier esquimau.

On était partis depuis deux jours, et *La Belle Jeanette* roulait son gros ventre orange sur les vagues gris-vert au large du Finistère, quand mon père a déclaré que le temps commençait à se gâter, qu'on allait remonter le filet pour rentrer au plus vite à l'île d'Yeu. Les gars ont un peu râlé en disant que le coin était poissonneux et qu'on pouvait faire mieux, mais ils savaient bien que Papa avait la tête dure.

Bon, c'est vrai, au-dessus de nous, le ciel préparait une colère noire pas vraiment réjouissante. Quant au téléphone au fond de la poche de mon ciré, il n'arrêtait pas de sonner. Maman avait dû regarder la météo marine. Pas le temps de lui répondre.

La remontée du filet est toujours un moment magique. Palan, filins, mailles et hommes sont tendus à craquer. Que va-t-on remonter ? Des poissons par milliers ou

des cochonneries bien lourdes ? Et quels poissons ? Des lottes et des roussettes ou de simples maquereaux ? Une mobylette rouillée ? Des vieux bidons de gasoil ?

Si vous saviez les surprises qu'on peut découvrir une fois que le filet se déverse ! Les marins pêcheurs ont des yeux de goélands : entraînés à faire le tri de ce qui est bon, excellent ou mauvais dans un filet.

Pierrick, le plus ancien des pêcheurs de *La Belle Jeanette*, s'est écrié : « Un thon ! Celui-là, il fait au moins soixante kilos ! »

En effet, une queue de thon enfouie parmi les algues fouettait l'air d'un éclat furieux. Une prise magnifique.

Chacun s'est activé à faire le tri, des gestes précis et rapides, avant que la tempête n'éclate. Mon père et Pierrick se sont chargés du thon, pour le dégager des varechs qui l'emprisonnaient. Un boulot dangereux, vu la taille du poisson, quand Pierrick s'est mis à hurler : « Nom d'un chien, c'est pas un thon, c'est une femme ! »

# LA PÊCHE MIRACULEUSE

Je me suis approchée pour comprendre, et ce que j'ai vu m'a totalement renversée. Couchée parmi les poissons et les algues, une jeune femme nous regardait de ses grands yeux verts étonnés. Les quatre hommes se sont arrêtés de travailler. Elle était vraiment très belle, avec ses longs cheveux mouillés, plaqués sur ses épaules et sa poitrine. Je ne sais pas trop ce qui s'est passé à cet instant dans la tête des hommes d'équipage, mais dans la mienne, ça a pris un certain temps : mon regard a glissé le long de son corps très blanc, couvert d'écailles à partir des hanches, qui se fondait en une vigoureuse queue de thon. Nous avions pêché une sirène !

– Elle est blessée ! j'ai crié.

En effet, le long de sa queue, un filet de sang coulait d'une grande éraflure.

– Il faut la soigner, vite, vite !

Mon père a enlevé son ciré pour lui couvrir les épaules, et elle l'a enfilé avec naturel, comme on passe un peignoir après le bain. Puis, reprenant ses esprits, il a crié :

– Bon, tout le monde au boulot, la tempête arrive, on n'a plus beaucoup de temps !

– Toi, Lili, tu t'occupes d'elle. La blessure n'a pas l'air trop profonde. Tu trouveras tout ce qu'il faut dans la boîte à pharmacie. L'important, c'est de bien désinfecter.

Quand on est marin, on ne doit jamais perdre son sang-froid. Même une découverte comme celle-là ne semblait pas trop affecter Papa. Pour lui, le plus urgent, c'était de faire face à ce coup de gros temps qui menaçait le bateau.

Le retour a été vraiment sportif. La mer donnait de grands coups dans la coque. La vieille Jeanette grinçait de toutes ses membrures. Des embruns glacés nous giflaient en rafales.

Les gars ont installé la sirène dans la cabine, allongée dans un grand bac en plastique, et malgré les secousses, j'ai réussi à lui faire un pansement. Le rouge de son sang était-il celui d'un humain, ou bien celui d'un poisson ?

Son regard enfantin me rappelait celui de mon petit frère, les jours où il avait de la fièvre et que je lui racontais des histoires. Elle ne semblait pas du tout avoir froid, dans son ciré jaune qui flottait parmi les sardines et la glace pilée. Elle a juste un peu plissé le nez quand j'ai désinfecté la plaie.

– Je m'appelle Lili. Tu comprends ? Li-li.

Elle a bougé ses lèvres, en m'imitant, comme pour prononcer mon prénom, mais aucun son ne sortait. Dans l'eau, les sirènes doivent se parler autrement, comme les plongeurs sous-marins. En tout cas, son sourire n'était pas celui d'un poisson. Un sourire éclatant comme un immense merci.

Alors j'ai pensé à ce que nous disait toujours M. Turbé, notre maître de CM1 : « N'oubliez jamais, les enfants : la vie a toujours plus d'imagination que nous ! » Tellement trop vrai !

La tempête s'est calmée. Dans un ciel dégagé, la lune montait tranquillement alors que le soleil venait de plonger à l'horizon.

*La Belle Jeanette* avait tenu bon.

On a mouillé l'ancre dans une crique de l'île de Groix. Au calme pour la nuit.

Toute la pêche était bien répartie dans la cale. Classée par catégorie dans des bacs réfrigérés. Les gars avaient passé deux heures à écoper. La sirène dormait comme un nourrisson.

Sa blessure avait arrêté de saigner.

J'ai aidé Pierrick à préparer le repas. Ouvrir des boîtes, c'est pas compliqué. On s'est attablés en silence, comme si personne n'avait rien à dire. On aurait cru qu'aucun de nous n'avait envie d'aborder le sujet le premier.

Le repas s'est déroulé comme ça : raviolis pas un mot, pain et fromage pas un mot, yaourts aux fruits, pas un mot, café, cigarettes pas un mot. On a débarrassé en silence.

Mais quand Titouan a dit : « Allez, bonne nuit tout le monde, je suis mort, je vais me coucher ! », mon père a rugi : « Reste là, Titouan, faut qu'on parle, tous ensemble ! » Alors là, un fatras de paroles est sorti en même temps de toutes les bouches, en un désordre incompréhensible. Réveillée par le bruit, la sirène s'est redressée et nous a souri comme un môme après la sieste. Elle avait dû comprendre qu'on parlait d'elle. Et de qui d'autre aurait-on pu parler ?

# RÉUNION DE CRISE

– Bon, OK, on a pêché une sirène. C'est pas banal, mais jusqu'à présent, on s'est toujours sortis des situations compliquées, a dit mon père.

– Oui, c'est vrai, en 2003, quand on a pêché une torpille de la dernière guerre, on n'en menait pas large, a fait remarquer Pierrick.

– Oui, a râlé Jean-Yves, mais je pense que pêcher une sirène, ça peut aussi nous sauter à la gueule. Moi, je suis partant pour la remettre à la flotte tout de suite, et l'oublier comme si rien ne s'était passé !

Cachée dans un coin de la cabine, je me suis faite toute petite pour que mon père

ne m'envoie pas au lit. Je ne voulais pas en perdre une miette.

– Elle est blessée, si elle saigne dans l'eau, tous les prédateurs vont lui foncer dessus. Je ne donne pas cher de sa peau. La relâcher, c'est de la non-assistance à personne en danger ! a fait remarquer Titouan.

– Une sirène, c'est pas une personne !

– T'en sais quoi, Jean-Yves, t'en as déjà connu, toi, des jolies sirènes ? a rigolé Pierrick en mimant une danse du ventre.

J'ai bien vu que Jean-Yves n'était pas d'humeur à plaisanter. Il s'est redressé, yeux furieux, sourcils méchants, bras tendus, ses deux poings énormes appuyés sur la table.

– Bon, les gars, calmez-vous, on a tous besoin d'une bonne nuit de sommeil. Demain matin, on fait le point avant de débarquer. Allez, bonne nuit, la journée a été longue.

Pour donner l'exemple, Papa s'est levé en direction de sa couchette. Sur son bateau, il a toujours le dernier mot.

Dans la glace étroite de la salle de bains, en nous brossant les dents côte à côte, j'ai croisé son regard. Un regard inquiet.

## RETOUR À PORT-JOINVILLE

Au petit-déjeuner, en trempant une tartine de rillettes dans son café, Jean-Yves a attaqué :

– Bon, sérieux, on la balance à la flotte, la femme-poisson, parce que moi, je ne veux pas d'emmerdes !

– Non, j'ai bien réfléchi, on ne peut pas faire ça. Titouan a raison, il faut d'abord la soigner. Et puis, c'est quand même la découverte d'une nouvelle espèce, on n'a pas le choix, il faut la ramener. Pour comprendre d'où elle vient, la répertorier, faire des recherches scientifiques. On n'est pas juste des pêcheurs, on est avant tout des marins, les gardiens de la mer, soucieux des écosystèmes.

J'étais sûre que Papa réagirait comme ça. En plus, j'étais super d'accord avec lui.

– Écosystème, écosystème ! C'est une folie, on va droit dans les rochers, je te dis ! a gueulé Jean-Yves.

– Écoute, Jean-Yves, voilà ce que je propose, on rentre à Port-Joinville, sans rien dire à personne, on cache la sirène le temps de la remettre sur pied… Enfin, je veux dire, de la remettre à flot, et j'appelle le professeur Merlieux, à Nantes. Tu le connais, c'est un grand océanographe, en plus c'est un type bien. Chaque été, il vient pêcher avec nous et il nous apprend toujours plein de choses passionnantes sur la mer.

Lui, il va nous dire quoi faire. OK? En attendant, on planque la sirène dans le hangar, Lili la soigne discrètement et tout le monde la ferme. Je te promets, si Merlieux nous dit de la remettre à l'eau, on le fera.

Jean-Yves ne semblait pas convaincu. Bougon, il a tourné le dos, lavé son bol dans l'évier et il est parti travailler en râlant.

Titouan et Pierrick semblaient d'accord avec mon père. Quant à moi, je ne vous dis pas comme j'étais excitée. J'étais la-fille-qui-a-pêché-une-vraie-sirène, ça claque, non?

La mer était calme. Refaire le pansement de la sirène était plus facile qu'hier en pleine tempête. Papa avait raison, la blessure était superficielle. En la soignant, j'ai senti sous mes doigts le passage de ses écailles de poisson à sa peau humaine. C'était troublant. J'ai pensé aux cours de M. Turbé sur l'évolution : les humains viennent tous de la mer. Même un nourrisson, à la naissance, passe de l'état aquatique à l'état terrestre. La sirène me regardait avec confiance, parfois, elle m'envoyait avec sa bouche une petite expression de bébé, maladroite et craquante. Comme si elle apprenait à sourire.

Retour de pêche classique. Arrivée à Port-Joinville vers 6 heures. Vente à la criée à 7 heures. Puis ravitaillement des poissonneries de l'île. Après, on nettoie le chalutier, on répare le filet qui a souvent un peu souffert,

et on range tout. Ça prend une bonne journée afin d'être prêts pour le prochain départ.

Ce soir-là, Maman nous a cuisiné un curry de lotte au lait de coco. Hummm. C'est encore meilleur quand ça sort tout juste de l'eau, et qu'on l'a pêché soi-même.

– Alors, Lili, comment c'était ? Tu es plus bavarde d'habitude, quand tu rentres de pêcher avec Papa !

– Euh, bah, c'était bien.

– C'est tout ? Juste bien ?

Comme d'habitude, mon petit frère Paul a boudé tout le repas. Crise de jalousie habituelle quand je rentre de la pêche.

– Ne fais pas cette tête-là, Paul. À ton âge,

Lili non plus ne partait pas plusieurs jours à la pêche. Et puis on n'était pas mal tous les deux, non ? a dit Maman.

Après, la conversation a tourné autour de la tempête, ce qui nous a permis d'éviter le sujet qui me brûlait les lèvres. Papa m'avait fait promettre de ne pas parler de la sirène à Maman avant qu'on ait eu l'avis du professeur Merlieux.

« Alors voilà, on a pêché une sirène avec une queue de thon, qui doit peser cinquante kilos, elle était blessée, mais je l'ai soignée et ça va mieux. Elle dort dans le hangar. Son lit, c'est une caisse en plastique remplie de glace pilée, et on lui donne à manger des éperlans et des petites sardines. Dommage qu'elle ne sache pas faire de vélo, on l'aurait emmenée faire le tour de l'île. Bon, on ne sait pas vraiment si elle parle français parce qu'elle est muette comme une carpe ! »

Décidément, je redoutais le moment où nous devrions lui dire ça.

Papa avait essayé à plusieurs reprises de joindre le professeur Merlieux, mais il était toujours sur répondeur. Je le sentais de plus en plus impatient de lui parler. De mon côté, de retour en classe, je devais me mordre la langue au moins vingt fois par jour pour ne pas tout dire à mes copains. En plus, avec Kimi, Clarisse et Samia, on avait eu notre période sirène, juste après notre période licorne.

On a passé tout un trimestre à en dessiner. Notre copain John est même arrivé un matin avec un tatouage sur le bras, super bien fait, en nous disant que c'était un vrai. Indélébile. Comme son frère est tatoueur, on a bien failli le croire, mais sa femme-poisson n'a pas résisté au cours de natation, elle est devenue toute pâlichonne et a fini par s'effacer. Visiblement, elle n'aimait pas l'eau. Un comble !

YE

## LE SECRET

Avec Papa et Titouan, on a nettoyé une vieille baignoire qui traînait au fond du hangar, on l'a remplie d'eau de mer à ras bord pour y installer notre sirène. Une énorme pile de casiers à homards la dissimulait aux yeux des trop curieux.

– On va devoir changer son eau tous les jours, car en plus de manger des petits poissons, je suppose qu'elle se nourrit de plancton, comme les cétacés. Merlieux nous en dira plus dès que j'aurai réussi à le joindre, a dit Papa, soucieux.

Discrètement, je venais changer son pansement avec des bandes spéciales pour les marins, qui résistent à l'eau. Le sel dans sa plaie ne semblait pas la brûler. Je lui parlais. J'essayais de lui poser des questions, sans trop attendre de réponses. Juste pour lui dire qu'elle ne craignait rien. Elle devait se sentir si seule !

– Tu as quel âge ? Tu viens d'où ? Tu as une famille ?

Elle me regardait attentivement pour essayer de comprendre, perdue comme une Chinoise qui débarque au Pérou.

Elle ressemblait tellement à une jeune fille accoudée au bord de sa baignoire que je n'arrivais pas à l'imaginer simple poisson. Elle me faisait penser à un dauphin, intelligent, doux et vulnérable.

Vétérinaire sous-marin, ça aussi c'est un beau métier !

Papa partait tous les soirs vers une crique discrète près de la pointe des Corbeaux, le camion rempli de jerricans pour faire le plein d'eau de mer pour Jeanette. C'était le nom de code que nous avions décidé d'adopter entre nous pour parler de qui vous savez.

Merlieux restait injoignable. Jean-Yves n'arrêtait pas de râler. Titouan et Pierrick faisaient comme si tout était normal, et mon père devenait de plus en plus nerveux. Quant à moi, j'étais partagée entre l'excitation de la découverte et la culpabilité du secret à garder.

À la maison, je prétextais un exposé sur l'écologie maritime pour aller sur internet faire des recherches sur les sirènes. Rien n'y était scientifique. J'y ai trouvé des BD, des dessins animés, un club de nageuses californiennes qui organisent des ballets nautiques avec des queues à paillettes, et puis l'histoire d'Ulysse qui se fait attacher au mât de son bateau pour pouvoir écouter le chant des sirènes sans céder à leur piège.

Je profitais des absences de Maman et Paul pour passer du temps avec Jeanette. Elle semblait m'attendre. Comment vous la décrire ? Elle était à la fois belle comme une femme en été et gracieuse comme un poisson : pas ceux de la poissonnerie mais ceux qui ondulent au rythme de l'eau, dans les documentaires à la télé. Ses oreilles n'étaient pas comme les nôtres, on aurait dit deux petits coquillages transparents qui battaient au rythme de sa respiration. Ses mains aussi étaient différentes : fermées, elles ressemblaient aux miennes, ouvertes, elles étaient palmées de fines membranes de nage. Quant à ses cheveux, ils étaient d'un brun foncé brillant, avec des reflets vert sombre, comme du goémon. En classe, discrètement, je me trouvais un coin tranquille pour la dessiner dans mes cahiers.

Pourquoi est-ce que Papa n'avait pas parlé de Jeanette à Maman ? Je ne sais pas. Je n'osais pas lui poser la question.

Ma mère n'allait jamais dans le hangar à bateaux. Elle avait assez à faire entre son travail de kiné et sa passion pour le jardin. Il y avait peu de risque qu'elle la découvre. Plusieurs fois, j'ai failli lui dire, mais une marin pêcheuse ne doit pas trahir. Question d'honneur.

C'est lors de cette nuit de pleine lune que tout a basculé.

Je dormais profondément quand une longue plainte m'a réveillée. Ça ressemblait beaucoup au chant des baleines que le professeur Merlieux nous avait fait écouter l'été dernier. Un enregistrement qu'il avait rapporté du Japon où il avait dirigé un voyage d'étude sur les grands cétacés. J'ai tout de suite su d'où ça venait. On n'allait pas pouvoir garder le secret très longtemps.

## UN CHANT DANS LA NUIT

– Je ne sais pas ce qui a fait ce bruit cette nuit, mais ça m'a encore réveillée. (Maman disait ça très tranquillement, comme on parle du vent ou de la pluie.) C'était comme si quelqu'un chantait, un bruit un peu animal. Ça ne ressemble pas au chant d'un oiseau. Ou alors un oiseau exotique. Ça dure depuis trois nuits, quand même !

Papa ne disait rien, j'ai vu dans ses yeux qu'il se sentait mal.

– Rien entendu.

Il a froncé les sourcils, comme pour me faire taire, et plongé le nez dans son café. C'était pourtant l'occasion rêvée de tout dire.

– Moi aussi j'ai entendu ! Trop beau ! Je crois que ça venait du hangar, a dit Paul.

– Il y aurait un oiseau enfermé dans le hangar ? a demandé Maman.

– Peut-être bien, a dit Papa.

Mauvaise journée à l'école. Je n'arrivais pas à me concentrer sur mon travail et je n'osais pas ouvrir la bouche, de peur que la vérité ne s'en échappe toute seule. Un secret, plus ça dure, plus c'est dur. À la récré, Kimi est venue vers moi et m'a dit :

– Lili, ça va ? Tu n'es pas comme d'habitude, tu ne dis rien. Tu es malade ?

Là, j'ai bien failli tout lui raconter, quand un ballon est venu s'écraser sur mon visage.

Kimi a crié contre le footballeur maladroit, la sonnerie a retenti. Ouf !

Au retour, j'ai essayé d'aller rendre visite à Jeanette dans le hangar mais Papa avait fermé à clef, sûrement à cause de Paul.

Le soir, dans mon lit, j'ai eu du mal à m'endormir. J'ai guetté longtemps le moindre bruit avant que le sommeil m'aspire. Plongeant à pic dans une mer bleu nuit, je nageais au milieu d'un banc entier de sirènes qui chantaient. Puis un filet invisible m'a emprisonnée et tirée vers le haut. Toutes les sirènes ont immédiatement disparu mais leurs voix continuaient à emplir mes oreilles. C'est à ce moment-là que je me suis réveillée.

Tout au bout du jardin, du fin fond du hangar, Jeanette chantait.

Doucement, j'ai descendu l'escalier, traversé le jardin et, en arrivant devant le hangar, j'ai aperçu la silhouette de Paul en pyjama, juché sur une citerne, qui regardait par la fenêtre. J'ai grimpé à mon tour pour le rejoindre et tous les deux, en silence, on a admiré la belle Jeanette, assise au bord de sa baignoire, poussant sa mélopée dans la lumière blonde de la lune.

– Eh bien, les enfants, qu'est-ce que vous faites ?

Et Maman nous a rejoints sur la citerne.

## COUPS DE TONNERRE

Ce matin-là, j'ai ouvert mes volets sur un ciel sans nuages, mais l'orage grondait en bas dans la cuisine. Maman était furieuse.

– Pierre, il faut que tu m'expliques cette histoire de sirène !

– J'ai juste une chose à te dire, Caroline : en ramenant le filet, on a pêché ça, voilà ! Elle était blessée, on ne pouvait pas la laisser dans cet état. Qu'est-ce que tu veux que je te dise de plus ? On s'est demandé si on devait la remettre à l'eau. Jean-Yves le voulait à tout prix mais je n'ai pas pu, c'est une découverte trop importante, tu comprends...

– Mais pourquoi tu ne m'as rien dit ?

– J’ai fait promettre aux gars de ne rien dire, alors...

– Encore votre histoire de solidarité des gens de la mer, un truc bien macho, ça !

– Non, c’est pas ça... C’est vrai, j’aurais dû...

– Alors quoi ? Tu la voulais pour toi tout seul, ta ravissante sirène, c’est ça ?

– Mais Caro, enfin...

– Et bien sûr, Lili était au courant ?

– Elle était avec nous quand on l’a pêchée...

– Et elle ne devait rien dire non plus, c’est ça ?

Par chance, le téléphone a sonné. Papa a répondu. Au ton de sa voix, j’ai compris que c’était le professeur Merlieux.

On allait enfin pouvoir respirer.

Le lendemain, le professeur est arrivé par le premier bateau, impatient comme un gamin le soir de Noël. Ses petits yeux scintillaient d'excitation derrière ses lunettes qui tressautaient sur ses joues rondes au rythme de ses questions. Quel poids ? Quelle taille ? Texture des cheveux ? Écailles ou peau ? Nombril ou pas ? Doigts palmés ? Ouïes ou oreilles ? À tour de rôle, Papa et moi essayions de lui donner les réponses les plus précises possible, anxieux comme dans l'émission de télé où des millions sont en jeu.

En arrivant au hangar, Papa a mis un peu trop de temps à trouver la clef enfouie dans sa poche.

Merlieux l'a bousculé :

– Voyons, Pierre, dépêchez-vous !

Papa a entraîné le professeur au fond du hangar, mais derrière la pile de casiers, la baignoire était vide.

## LA POURSUITE

Papa s'est mis à hurler :

– Jean-Yves !!! Je ne l'avais jamais vu dans une telle colère.

On a foncé vers la camionnette mais il m'a aussitôt arrêtée :

– Toi Lili, tu restes là !

Bien sûr, il n'en était pas question. J'ai juste eu le temps de me glisser à l'arrière et de me cacher parmi les filets, les bottes et les bidons.

Papa n'a pas hésité une seconde, il a pris la route de la Meule à fond, même dans la pente raide qui mène droit au port. Il s'est garé comme un crabe fou, faisant crisser les pneus dans les graviers. Tout s'est passé très vite.

Papa et Merlieux ont sauté dans un canot, à la poursuite du bateau de Jean-Yves qui sortait à peine de la crique. Le propriétaire du canot n'a même pas eu le temps de protester. Il est resté là, bouche ouverte, accroché à ses casiers à homards, à les regarder s'éloigner vers le large. J'ai escaladé les rochers pour assister à la scène. De loin, on ne voyait pas grand-chose. En revenant à la voiture pour chercher des jumelles, j'ai vu arriver Jean-Yves, au volant de sa camionnette. Par chance, il ne m'a pas repérée. Après s'être garé, il s'est dirigé d'un pas pressé vers sa cabane. Discrètement, je me suis approchée de la camionnette. Jeanette était là, allongée sur un matelas de filets et de flotteurs. Quand elle m'a vue, elle m'a envoyé ce sourire de fée qui aurait fait fondre n'importe quel Ulysse. C'était trop compliqué de la faire sortir, alors, d'un coup de tournevis, j'ai crevé un pneu et je me suis cachée. Quelques minutes après, Jean-Yves est ressorti avec un bidon de fuel, un gros sac, et sa tête de bougon têtu. Il a démarré. Sa camionnette a fait quinze mètres en zigzags et s'est mollement incrustée dans un poteau. Ouf! Jean-Yves n'avait rien. Des touristes sont venus lui porter secours. Il a protesté, mais c'était trop tard. Le choc avait ouvert la porte arrière, dévoilant la pauvre Jeanette qui avait été bien secouée. Plus personne ne s'intéressait à la camionnette en accordéon. Tous se bousculaient pour voir la créature. Certains prenaient même des photos.

Papa ne m'a fait aucune remarque sur ce qui s'était passé. Avec lui, c'est souvent sans un mot. Lui et moi, on se parle avec les yeux. Sa grande main a juste serré un peu mon épaule et ses petits yeux bleus m'ont lancé : « Bien joué, Lili ! »

# LA VÉRITÉ, ÇA ÉCLABOUSSE

À l'école, j'ai connu mon heure de gloire. Je pouvais enfin parler de notre découverte à mes copains et répondre à toutes leurs questions. La maîtresse m'a même demandé de venir en parler au tableau. J'ai tout raconté en détail, depuis la pêche miraculeuse à l'accident de Jean-Yves. J'ai même montré des photos. Qu'une sirène puisse exister en vrai était encore plus fort que si les mammouths congelés se mettaient à revivre. J'étais devenue une star. À la sortie de l'école, un groupe d'ados est même venu faire des selfies avec moi.

Toutes mes copines me pressaient pour aller voir Jeanette. Mais ça n'était pas en mon pouvoir. Elle appartenait à présent à la science.

Le rêve n'a pas duré longtemps, très vite, c'est devenu un cauchemar. J'ai dû aller témoigner à la gendarmerie. Mon père, Merlieux et tout l'équipage y ont passé une journée entière. Jean-Yves est resté une nuit en garde à vue. Il a été relâché le lendemain. Il en est ressorti aussi crevé et chiffonné que sa camionnette. Pour qu'il n'ait pas de problème, Papa avait expliqué que Jean-Yves n'avait fait qu'obéir à ses ordres.

Les jours suivants, les hélicos ont tourné autour de l'île, amenant le ministre de l'Environnement, des équipes de journalistes et des scientifiques de toutes les couleurs.

Heureusement que le professeur était là. Flatté par tout ce ramdam, il semblait vraiment à l'aise, se pavanant dans son rôle d'ambassadeur. Moi qui ne le voyais qu'au mois d'août, pas rasé, en short et en tongs, je découvrais une autre facette de son personnage. Quant à Maman, elle refusait que je passe à la télé. Pourtant, j'aurais bien aimé...

Merlieux avait installé Jeanette dans sa piscine remplie d'eau de mer et de petits poissons. Un conteneur bourré d'instruments de mesure a débarqué par bateau le lendemain, et sa maison de vacances est devenue un centre de recherche scientifique, gardé nuit et jour par une équipe de gendarmes qui avait fort à faire pour tenir à distance les reporters, pro ou amateurs, qui cherchaient à voler des images.

Moi, j'avais le droit d'aller voir Jeanette quand je voulais, car le professeur et son équipe avaient constaté que ma présence la rassurait et lui faisait du bien. Alors, après les cours, les gendarmes venaient me chercher en voiture à l'école pour que je nage avec elle une heure ou deux. Trop cool. Bon, il y a eu quelques réactions de jalousie dans la classe, alors pour éviter ça, je racontais tout en détail.

Une fois, quand j'étais petite, j'ai nagé avec un dauphin. Il était entré par erreur dans le port de la Meule. Il était affolé, et nous avons dû le guider entre les cordages des bateaux amarrés pour qu'il retrouve le large. J'en garde un super souvenir.

Là, c'était mille fois mieux. Je voyais Jeanette presque tous les jours, elle semblait m'attendre. J'étais un peu sa récré. Quand j'arrivais, les scientifiques la laissaient tranquille. Souvent, ils nous filmaient et enregistraient les petits cris que poussait Jeanette quand on jouait. Mais je savais bien qu'après mon départ, elle redevenait pour eux un sujet d'étude dont on mesure le rythme cardiaque, les variations de température, la pression artérielle, quand on ne la barde pas d'électrodes.

Chaque jour je racontais à ma bande les moindres détails de nos rencontres sous-marines. Et Samia, la plus poissonne d'entre nous, en était verte d'envie.

Chez Merlieux, pourtant, je me sentais mal à l'aise. Comme si moi aussi, aux yeux du professeur, j'étais devenue un rat de laboratoire.

Dans un carnet spécial, j'écrivais et dessinais toutes mes observations, jour après jour. Jeanette et moi, nous nous entendions de mieux en mieux. Je faisais d'énormes progrès en apnée. On se parlait par gestes.

Elle comprenait parfaitement mes mots mais n'arrivait pas à les prononcer.

Un mercredi, je lui ai apporté un soutien-gorge fabriqué avec deux coquilles Saint-Jacques et des rubans, mais Jeanette n'avait pas l'air de trouver ça aussi confortable que ses longs cheveux qui l'enveloppaient.

Radios, télés, magazines et réseaux sociaux ne parlaient que d'elle. Notre petite île si tranquille était devenue du jour au lendemain l'épicentre d'une terrible fièvre médiatique.

# BÊTE CURIEUSE

Sur le net, des photos de Jeanette ont commencé à circuler partout dans le monde. Il y avait ceux qui y croyaient et ceux qui n'y croyaient pas. Parmi ceux qui y croyaient, certains suspectaient les pires manipulations génétiques.

Était-elle le fruit du réchauffement climatique ?

Merlieux, relayé par le ministère de l'Environnement, essayait de contenir ces débats enflammés. Ils y opposaient un discours scientifique rassurant, promettant d'informer les médias de chacune de leurs découvertes. En l'espace de quelques semaines, le professeur était devenu une star de la télé et c'est à peine s'il parlait encore à Papa les jours où il venait me chercher à la maison. C'était blessant.

Avec moi, il était presque trop gentil, simplement parce que je lui étais utile. J'étais devenue le doudou de la sirène. Une mascotte qui la faisait se tenir tranquille.

Tout en jouant le jeu, je commençais à le détester.

Le gouvernement chinois proposa à la France trois pandas en échange de la sirène. Refus poli du président.

Planète Mer, un parc d'attractions nautique, offrit à la municipalité de l'île d'Yeu de financer en totalité l'agrandissement géant du port de plaisance, contre une carrière de star pour Jeanette. Refus poli du maire. De toute façon, elle appartenait à la science. Dommage.

Les organisateurs du concours de l'Eurovision voulaient même qu'elle représente la France. Refus catégorique du professeur. De toute façon, elle chantait en sirène, pas en français.

Un groupe écolo-féministe, arrivé par bateau, organisa une vaste manifestation à Port-Joinville pour réclamer sa remise à l'eau. Jeanette était devenue le trait d'union parfait entre la femme exploitée et l'animal battu.

VIVE LES ANIMAUX SAUVAGES
LIBEREZ JEANETTE
LIBEREZ LES POISSONS
JEANETTE ♥
FREE JEANETTE
la mer monte mais jeanette sait nager
JEANETTE
RENDEZ LA MER A JEANETTE

LI-BÉ-REZ LES POI-SSONS ! LI-BÉ-REZ LES FEMMES ! LI-BÉ-REZ JEA-NETTE !

Un bruit courait dans les bistrots du port qu'elle était la fille naturelle d'un vieux pêcheur disparu en mer et d'un thon blanc germon. On en fit même une chanson.

*La Belle Jeanette* devint aussi une marque de sardines en boîte. Gros succès au Japon.

Quant à Papa, devenu un héros, il ne changea rien à son attitude. Sur toutes les chaînes, il répondait avec simplicité aux journalistes, en trois mots. À la maison, on était super fiers.

On collectionnait les articles de presse, on commentait ses photos. Lui, ça l'agaçait qu'on en parle. Ce qu'il voulait, c'est qu'on le laisse faire son métier, un point, c'est tout. Quand ça devenait trop pesant, il embarquait sur *La Belle Jeanette* avec son équipe et partait pêcher, le plus loin possible.

## MA MEILLEURE AMIE

Au risque de passer pour une grosse prétentieuse, je peux dire que Jeanette était devenue ma meilleure amie. Je la dessinais dans mon carnet, car Merlieux m'avait interdit de la photographier. À cause du droit à l'image, paraît-il. J'avais bien compris ce que ça voulait dire. Non content de devenir célèbre, il avait visiblement l'intention de s'enrichir sur le dos de la sirène. Lui qui me faisait d'abord penser au gentil Professeur Tournesol m'apparaissait maintenant comme le maléfique Mister Hyde.

Un mercredi, après m'être appliquée à bien dessiner Jeanette de la tête à la queue, avec tous les détails, je lui ai montré le portrait. Appuyée sur le rebord du bassin, elle l'a contemplé longuement. Elle semblait fascinée. Tout naturellement, elle a pris les crayons, m'a regardée avec attention pendant de longues minutes, puis très vite, d'une main sûre, elle a tracé mon visage. Tout y était. Mon sourire. Mes taches de rousseur. Mes mèches qui s'échappent et me balaient les yeux. Vivant. Expressif. Magnifique. J'en étais bouleversée.

Jeanette ne disait pas un mot mais savait s'exprimer par le dessin, comme si elle avait fait ça toute sa vie. Par chance, nous n'étions pas filmées. Merlieux m'aurait confisqué le carnet.

Les jours suivants, en cachette, je la faisais dessiner.

Sur le papier, elle me racontait son monde, faisant naître des poissons, des coraux, les rayons du soleil à travers le bleu de l'eau. C'était beau et triste, comme des rêves tracés sur un mur de prison.

## TRISTE JEANETTE

Plus le temps passait, plus Jeanette dépérissait.

La piscine était trop étroite pour elle. Je le voyais bien. Ses cheveux étaient ternes, sa queue moins brillante perdait peu à peu ses écailles. Elle n'était plus joueuse comme avant. La nuit, ses chants déchirants bouleversaient par leur tristesse. Parfois même, elle s'élançait hors de l'eau comme si elle voulait rejoindre l'océan, et les hommes en blanc la ramenaient fermement dans son bassin.

Quand je venais la voir, ses grands yeux m'imploraient de l'aider.

Merlieux était nerveux, un rien le mettait

en colère. Il en voulait à Jeanette d'être en mauvaise santé, comme un gamin qui s'énerve quand son jouet n'a plus de piles. Il savait bien que, s'il arrivait quoi que ce soit à sa créature, il en serait tenu pour responsable. Mauvais pour son image.

Un soir, j'ai surpris une conversation téléphonique où il parlait de l'envoyer à Nantes, pour lui faire passer des examens plus poussés, IRM, scanners.

Si elle partait, j'en était sûre, elle ne reviendrait pas. Je savais ce que les scientifiques étaient capables de faire subir à leurs cobayes, et ça, il n'en était pas question ! Plus j'y réfléchissais, plus ça devenait une évidence. Même si elle me manquerait terriblement, il fallait que j'aide Jeanette à retourner à la mer.

Mais seule, je n'y arriverais jamais.

Des gendarmes protégeaient la propriété. Jeanette était surveillée pratiquement jour et nuit par l'équipe du professeur. Demander de l'aide à Papa ? Même pas en rêve ! Même si Merlieux était de moins en moins sympa avec lui, il ne l'aurait jamais trahi. Et puis, il était tout le temps en mer, se noyant dans le boulot pour fuir le tapage médiatique.

Bien sûr, je n'avais pas le permis et les sirènes ne font pas de vélo. Je ne voyais qu'une solution : réunir ma bande, pour qu'on trouve ensemble la faille du système.

Les semaines suivantes, j'ai passé beaucoup de temps dans la piscine avec Jeanette. J'essayais de lui remonter le moral en inventant de nouveaux jeux. Je m'entraînais à nager sous l'eau, les jambes jointes comme si j'étais un poisson. Merlieux voyait toujours ma présence d'un bon œil : quand j'étais là, Jeanette allait mieux. Il nous observait, me posait beaucoup de questions. Je lui répondais comme une gamine insouciante, pour ne pas éveiller ses soupçons. Notre amitié faisait partie de son étude. C'était là mon point fort.

Je ne perdais pas une miette des allées et venues de chacun, leurs emplois du temps, leurs habitudes, leurs manies. Je notais tout dans le but de construire un plan d'évasion.

## LE PLAN

Le mercredi suivant, mes meilleurs copains sont venus goûter à la maison. Ma « garde rapprochée », comme Maman les appelle. Ma bande. Ça tombait bien, Papa était en mer et elle en consultation.

Il y avait Clarisse, John, Samia, Félix, Saïd, Kimi et un énorme gâteau au chocolat. J'ai compris qu'il fallait mettre Paul dans la confidence pour simplifier les choses. Et puis, il était temps pour lui de grandir un peu !

Assis en cercle sur le tapis, on a commencé à gamberger. Je leur ai d'abord tout raconté, dans les moindres détails. Comme dans les films, j'avais dessiné un plan de la villa du sinistre professeur, située sur la carte de l'île. Les idées partaient dans tous les sens. Des plus timides aux plus folles. Les moins réalistes ont été vite écartées : hélico, tunnels et explosifs nous ont juste fait rire cinq minutes. Au bout de deux bonnes heures, on a réussi à construire un plan qui tenait la route. C'était risqué, mais sur le papier, avec un peu de chance, ça semblait efficace. Chacun avait un rôle à y jouer.

Bon, pour l'instant, je ne peux rien vous dire. Un secret, c'est un secret.

Depuis un certain temps, la grande hypothèse de Merlieux était qu'une créature comme Jeanette ne pouvait pas être toute seule. Il semblait avoir épuisé la panoplie complète de tests, mesures, décryptage de l'ADN et classification de notre sirène. Peut-être que les sirènes vivaient en bancs, comme les dauphins ? Ou bien en couple, comme les baleines ? Il lui tardait de découvrir le triton : autrement dit, l'amoureux de Jeanette, la version mâle de la sirène. Et aussi ses petits sirénaux, si elle était maman. Depuis son arrivée à Yeu, il communiquait avec tous les océanologues du globe pour savoir si des découvertes semblables avaient été faites.

Des nouvelles, c'est promis, il allait en avoir !

Saïd, petit génie de l'informatique, allait lui en envoyer. Pour cela, il avait piraté la messagerie de vrais scientifiques. C'est là que Clarisse intervenait. Super forte en français et en sciences, elle était chargée de rédiger des faux e-mails dans lesquels les experts affirmaient avoir des preuves de l'existence d'autres sirènes aux quatre coins des océans. John les traduisait en anglais.

Merlieux recevaient des messages à ne plus savoir qu'en faire. Quant aux e-mails des scientifiques japonais, Kimi les réécrivait un peu pour brouiller les pistes.

Merlieux et ses cinq assistants étaient surexcités par toutes ces informations, et leur attention pour Jeanette se relâchait de jour en jour. Notre plan commençait à fonctionner. On allait pouvoir aborder la phase 2. Je guettais la nuit idéale.

# PLEINE LUNE

Ce soir-là, une nouvelle complice apparut. Majestueuse et ronde, la lune était au rendez-vous. Quelques nuages dansaient autour d'elle et la mer scintillait d'éclats d'argent. Le chant de Jeanette commença à onduler au-dessus de la piscine, plus triste et mélancolique que jamais.

Merlieux et ses assistants, qui avaient sorti tout leur matériel d'enregistrement, furent très surpris de constater que Jeanette n'était pas seule à chanter : des voix lointaines de sirènes arrivaient de l'est de l'île, probablement de la pointe des Corbeaux. Une équipe se précipita pour aller voir d'où ça venait, avec Merlieux en tête. Quand ils arrivèrent, les voix s'étaient tues.

Félix et Clarisse, bien planqués dans une cabane, avaient coupé les haut-parleurs.

Les scientifiques décidèrent de bivouaquer sur place, micros tendus vers le large. Hélas, ils n'enregistrèrent que des cris de mouettes, le rythme du ressac et les grincements des vélos de deux gamins tardifs qui rentraient chez eux. Au matin, ils retournèrent à la base, enrhumés, bredouilles et épuisés.

Le lendemain soir, les chants des sirènes commencèrent à la pointe du But, puis le lendemain à l'anse des Soux. Notre équipe avait récupéré toutes les sonos transportables et, à vélo, nous partions vers les quatre coins de la côte sauvage riches en cachettes. Nous étions invisibles et tranquilles pour diffuser les chants de Jeanette, enregistrés par Merlieux, que je lui avais discrètement empruntés.

Autour de la piscine, il n'y avait plus grand monde. Tous les scientifiques avaient été réquisitionnés pour passer des nuits blanches équipés de matériel sono, aidés par les gendarmes qui d'habitude gardaient la maison. Dans la journée, ceux qui n'étaient pas de repos somnolaient devant des écrans en espérant de nouvelles infos venues du reste du monde.

Finalement, un décret préfectoral ordonna qu'un unique gendarme garderait le portail de la propriété, à la suite de plaintes pour heures supplémentaires non payées.

Les autres retournèrent à leurs tâches habituelles, après une séance de selfies avec Jeanette. Notre plan se déroulait à merveille.

Il était temps de passer à la phase 3.

Le mercredi était le jour du changement de l'eau de la piscine. Un camion-citerne pompait l'eau usée, la déversait dans l'océan et faisait le trajet inverse pour apporter l'eau de mer propre dans le bassin. Le temps du transfert, deux assistants installaient Jeanette dans la baignoire de la salle de bains.

La veille de l'opération évasion, j'ai passé une mauvaise nuit, répétant chaque étape dans ma tête :

1 : J'arrive pour nager avec Jeanette.

2 : Le gendarme reçoit un SMS de sa fille Emma, qui vient de faire une sale chute de vélo, à l'autre bout de l'île (Emma est à l'école avec nous, et la veille, comme par hasard, elle a perdu son téléphone). Il file donc pour lui venir en aide.

3 : Saïd envoie de sa chambre une série de mails avec des photos floues de sirènes, venues du Canada, d'Australie, de Patagonie, enfin, de plein de pays bordés par la mer, ce qui provoque un afflux de l'équipe des scientifiques vers les écrans, délaissant les abords de la piscine.

4 : Clarisse, Kimi et Paul entrent discrètement dans la propriété.

5 : Le camion-citerne arrive pour pomper l'eau.

6 : Le chauffeur installe sa pompe. Vider la piscine prend une demi-heure. Généralement, il passe ce temps-là à jouer sur son téléphone en fumant des cigarettes.

7 : Garder le chauffeur à distance. Quand la cuve est presque pleine, on aide Jeanette à y grimper, l'ouverture ronde du dessus est juste assez large pour qu'elle s'y glisse.

8 : Le camion repart vers la plage des Vieilles pour y déverser l'eau usée, et pomper l'eau propre. Pour ressortir Jeanette, on doit agir vite, avant que le niveau d'eau ne soit trop bas dans la cuve. Là, il faut faire diversion, car le chauffeur reste près

du camion. (Samia a une super idée, mais c'est vraiment risqué.)

9 : Jeanette retrouve sa liberté.

Neuf étapes sans rencontrer un seul problème me semble presque impossible, même si on a soigneusement tout préparé. Généralement, dans les films, un incident survient quand on ne s'y attend pas. Mais là, ce n'est pas un film, c'est beaucoup plus grave. La vie de Jeanette est en jeu.

## ADIEU, BELLE JEANETTE

C'est mercredi. Je n'ai pas dormi de la nuit.

On a classe le matin, et la récré nous sert à répéter.

Chacun son tour, on récite notre rôle. On connaît nos missions par cœur.

À midi, je n'arrive pas à manger. Ça ne passe pas.

Si l'opération réussit, je perds Jeanette pour toujours. Si elle rate, Jeanette est prise au piège des humains et c'est encore pire.

À 15 heures, j'arrive chez Merlieux. Je salue le gendarme, parle un peu avec le professeur, comme d'habitude.

Jeanette m'attend dans l'eau et m'accueille par des petits cris de joie. La veille, je lui ai expliqué ce qui allait se passer, les éclats d'excitation que j'ai lus dans ses yeux m'ont dit qu'elle avait tout compris.

Alerté par le faux SMS d'Emma, le gendarme part précipitamment en voiture. On a tout fait pour que le message le fasse galérer dans les chemins boueux de l'île.

Saïd passe à l'action. Les mails arrivent sur tous les ordis. L'équipe de Merlieux ne sait plus où donner de la tête.

Clarisse, Kimi et Paul entrent par un trou de la palissade et se tiennent prêts derrière des arbres. Personne ne les a vus.

Le camion-citerne arrive et il se gare au bord de la piscine.

Aïe ! ce n'est pas le chauffeur habituel, mais un type plus vieux et bien plus nerveux. C'est la première fois qu'il vient et pose plein de questions sur la marche à suivre. Au moment où les deux assistants emportent Jeanette vers la salle de bains, il reste la bouche grande ouverte et les yeux écarquillés à la regarder, comme un personnage de dessin animé. Puis il reprend ses esprits et met en marche la pompe. Vissé au bord de l'eau, il surveille la bonne marche des opérations. Bon, s'il reste près du tuyau, dos au camion, on devrait pouvoir y arriver. La citerne se remplit peu à peu.

Clarisse, Kimi et Paul, passant de buisson en buisson, arrivent derrière la maison et sortent Jeanette par la fenêtre de la salle de bains, que j'ai pris soin de laisser entrouverte. Ils attendent mon signal pour l'aider à grimper. Il faut que la citerne soit pleine. Encore cinq minutes. Ça y est. Je mets mes lunettes de soleil : c'est le signal. Le type est toujours concentré sur son tuyau.

Je reste à côté de lui à regarder le fond de la piscine presque vide.

Je ne vois rien, mais j'entends des bruits métalliques qui résonnent derrière nous. Le type se retourne.

Plus de bruit. Il reprend son boulot, mais les « dong dong » venus de la citerne reprennent

et je guette le moment où il va faire le tour du camion pour voir ce qui se passe. Par chance, le tuyau commence à faire des gargouillis et le type descend dans le bassin pour retirer des feuilles qui l'obstruent. Un cri de mouette retentit : c'est le signal de Paul. Jeanette est dans la cuve. Ouf !

Je saute sur mon vélo en direction de la plage des Vieilles, par les petits chemins pour ne pas être repérée par le chauffeur du camion-citerne qui a pris la grande route. Paul, Kimi et Clarisse sont déjà partis. On a tous rendez-vous là-bas, derrière les rochers. J'arrive au moment où le camion s'immobilise sur le sable, tout au bord de l'eau. Le type déroule son tuyau. Paul en profite pour monter rapidement aux barreaux métalliques afin de soulever le couvercle. Il va falloir faire vite, quand le niveau de la citerne est au plus haut et que Jeanette peut se hisser facilement jusqu'à l'ouverture. Le couvercle rouillé résiste. John grimpe à son tour pour l'aider. Le type revient dans la cabine pour mettre en route le moteur de la pompe. Allongés sur la citerne, John et Paul retiennent leur respiration. La pompe commence à cracher son eau.

Le couvercle s'ouvre enfin. D'où je suis, j'aperçois juste les jambes des garçons qui gigotent au-dessus de l'ouverture. Pêcher une sirène dans un camion-citerne, on ne fait pas ça tous les jours. Non, les gars, pas par les cheveux, pitié !

Le type sort du camion. C'est le moment de faire diversion.

Du bord de l'eau, Kimi s'écrie :

– Au secours, là-bas ! Une fille se noie !

Dans les vagues, Samia, à trente mètres du bord, fait de grands mouvements désordonnés. Elle joue bien la comédie : on dirait vraiment qu'elle boit la tasse alors que c'est la meilleure nageuse de l'école. Le type se précipite et plonge tout habillé, ses vêtements mouillés l'empêchent d'aller vite. Samia dérive dangereusement vers le large. Pour compléter le tableau, Clarisse se précipite dans l'eau avec la bouée de sauvetage de la plage. La scène fait tellement vrai que j'en oublie presque Jeanette, qui vient enfin de sortir de la cuve.

On l'emporte derrière les rochers. Ses yeux pétillent. Ses narines frétillent. Elle happe le vent, avale l'iode à pleines branchies. Je la serre dans mes bras. Tournée vers le large, elle plonge d'un arc parfait et fend l'eau avec grâce. Nous la suivons du regard aussi longtemps que possible, scrutant encore la mer après qu'elle a disparu. Mais au moment où nous partons, j'entends une voix : « Li-li ! » Dressée dans l'eau, Jeanette sourit fièrement. Son tout premier mot, c'est mon prénom !

Me jetant dans les vagues, je la rejoins. Elle me tend une étoile de mer puis elle disparaît dans le bleu. Adieu, Jeanette !

Des larmes au goût d'océan coulent sur mes joues. Une grande marée de chagrin.

Samia est allongée sur le dos. Elle crachote un peu d'eau.

On est tous autour d'elle. Le chauffeur du camion est tout fier. Pour la première fois de sa vie, il est un héros. Aujourd'hui, il a sauvé une gamine de la noyade !

Il me passe gentiment son grand bras mouillé autour de l'épaule :

– Pleure pas, fillette, elle n'a rien, ta copine ! Juste bu une bonne tasse !

## LETTRE À JEANETTE

*Chère Jeanette,*

*Sans toi, la vie est à la fois plus calme et plus ennuyeuse. J'ai l'impression d'avoir vécu sept fois plus fort, de ton apparition à ton évasion. Le moindre instant de ton passage parmi nous restera inoubliable.*

*En prenant le risque de te rendre ta liberté, j'ai perdu ta présence mais gagné ton amitié. Pas une passagère amitié d'enfant, une amitié d'adulte, solide et fière. Humaine ou animale, je sais que tu ne m'appartiens pas, tu n'appartiens à personne qu'à toi-même. Sois libre et garde-toi de tous ceux qui voudraient t'enfermer.*

*Cette aventure a aussi renforcé les liens avec mes amis. Notre acte militant a beaucoup divisé. Nous avons été accusés, bombardés de questions pendant des heures. Majeurs, nous aurions peut-être passé du temps en prison. Sans John, Kimi, Saïd, Clarisse, Samia et Paul, mon pas-si-petit-frère, tu te morfondrais encore dans un bocal à poisson rouge.*

*Merlieux s'apprêtait à te vendre aux Américains. Une enquête l'a prouvé. Il a disparu. Sa villa est à l'abandon.*

*Papa et Maman m'ont défendue. Ils ont même dit clairement qu'ils étaient fiers de moi.*

*Greta Thunberg m'a soutenue. J'ai fait la* une des journaux.

Jean-Yves a une camionnette toute neuve. Il n'est plus fâché. Il bougonne simplement, comme avant, d'un air de dire : « Vous voyez que j'avais raison. » Je retourne souvent à la pêche avec Papa. Mais j'avoue, tous ces poissons qui se tortillent hors de l'eau, ça me fait trop mal. J'ai vu sur Internet que le vétérinaire sous-marin, ça existe vraiment. C'est le métier que je vais faire.

Et puis, si tu passes au large de l'île d'Yeu, chante, je viendrai discrètement nager avec toi. Je t'attends.

Ton amie pour toujours,

Lili.

**FIN**

## Dans la même collection :

Responsable éditoriale : Céline Ottenwaelter
Conception graphique : Clémence Courot
Fabricant : Stéphane Sidzina


57, rue Gaston-Tessier, 75019 Paris
ISBN : 979-10-235-1660-9
Dépôt légal : septembre 2021 – Tirage n° 1
Loi 49-956 du 16 juillet 1949
sur les publications destinées à la jeunesse

Photogravure : Studio4c
Achevé d'imprimer en juillet 2021
par Graphycems (Espagne)

www.seuiljeunesse.com

FSC www.fsc.org
MIXTE
Papier issu de sources responsables
FSC® C007507